# Miu-Le Chat Merveilleux

*Écrit et illustré par*

## M. B. A. (Grass Hoper)

## Avis de droit d'auteur :

## Titre : Miu - Le Chat Merveilleux

Pour les demandes d'autorisation, veuillez contacter templatehat21@gmail.com.

Cette œuvre, "Miu - Le Chat Merveilleux", est une œuvre de fiction. Les noms, les personnages, les lieux et les incidents sont soit le produit de l'imagination de l'auteur, soit utilisés de manière fictive.

Toute ressemblance avec des personnes réelles, vivantes ou décédées, des événements ou des lieux est purement fortuite.

# À propos de l'auteur :

Je suis un conteur fantasque avec une passion pour éveiller l'imagination des jeunes. J'aime me présenter comme un auteur de contes pour enfants aimé. Mon seul souhait est d'avoir la capacité innée de transporter les enfants vers des mondes enchanteurs à travers mes mots.

Dans le royaume de la créativité et de l'inspiration, mon voyage trouve sa raison d'être. Avec un cœur débordant de récits infinis et un esprit qui tisse de nouveaux mondes, je trouve la paix dans l'art de raconter des histoires.Né des profondeurs de mon imagination, ma passion a grandi pour nourrir les jeunes esprits et allumer les flammes de l'émerveillement en eux.

Dès les premières lignes tissées, il était clair que mon destin était lié à la magie des mots. Chaque histoire que je crée est une porte d'entrée vers un univers encore inexploré, où les rêves prennent leur envol et les possibilités sont aussi vastes que le cosmos.

À travers des récits vibrants et des personnages qui dansent hors des pages, je trouve de la joie à susciter l'étincelle de la curiosité chez ceux qui osent s'aventurer dans mes contes.

Alors que l'encre coule et que le clavier fredonne, je suis poussé par le désir d'inspirer et d'élever. À chaque récit que je partage, j'espère planter des graines d'imagination qui fleuriront en forêts de créativité. dans les jeunes esprits.

Guidé par la conviction que les histoires ont le pouvoir de façonner les cœurs et les esprits, je navigue sur ce chemin avec ferveur et dévouement.

Au-delà des mots, mon objectif s'étend à la formation d'une génération de conteurs, nourrissant un héritage qui portera le flambeau de l'inspiration vers l'avenir.

Avec un cœur en phase avec les aspirations des jeunes et un esprit qui ose explorer l'inconnu, je suis un phare de créativité, prêt à susciter l'imagination de tous ceux qui cheminent avec moi à travers le royaume infini du récit.

# À propos de l'auteur:

Je suis un conteur fantasque avec une passion pour cultiver les jeunes imaginations. J'aime me décrire comme une auteure de contes pour enfants aimée. Dotée d'une capacité innée à transporter les enfants dans des mondes enchanteurs à travers mes mots, mon voyage trouve sa raison d'être dans le royaume de la créativité et de l'inspiration. Avec un cœur débordant de récits illimités et un esprit qui tisse de nouveaux mondes, je trouve la paix dans l'art de raconter des histoires. Né des profondeurs de mon imagination, ma passion a grandi pour nourrir les jeunes esprits et allumer les flammes de l'émerveillement en eux.

Dès les premières lignes que j'ai tissées, il était clair que mon destin était lié à la magie des mots. Chaque histoire que je façonne est une porte d'entrée vers un univers encore inexploré, où les rêves prennent leur envol et les possibilités sont aussi vastes que le cosmos. À travers des récits vibrants et des personnages qui sautent des pages, je trouve de la joie à allumer l'étincelle de la curiosité chez ceux qui osent s'aventurer dans mes récits.

Alors que l'encre coule et que le clavier fredonne, je suis animé par le désir d'inspirer et d'élever. Avec chaque récit que je partage, j'espère planter des graines d'imagination qui fleuriront en forêts de créativité dans les esprits des jeunes. Guidé par la croyance que les histoires ont le pouvoir de façonner les cœurs et les esprits, je parcours ce chemin avec ferveur et dévouement.

Au-delà des mots, mon objectif s'étend à l'éducation d'une génération de conteurs, en nourrissant un héritage qui portera le flambeau de l'inspiration vers l'avenir.

Avec un cœur qui résonne avec les aspirations des jeunes et un esprit qui ose explorer l'inconnu, je suis un phare de créativité, prêt à éveiller l'imagination de tous ceux qui cheminent avec moi à travers le royaume infini du récit.

**Avertissement** : L'histoire "Miu - Le Chat Merveilleux : Un Conte de Compassion et de Courage" est une œuvre de fiction destinée uniquement au divertissement. Toute ressemblance avec des personnes réelles, vivantes ou décédées, des événements ou des lieux est purement fortuite. Le contenu de cette histoire est créé à des fins imaginatives et narratives et ne doit pas être interprété comme factuel ou représentatif de situations réelles. Les actions, comportements et événements décrits dans l'histoire sont le fruit de l'imagination de l'auteur et n'ont pas pour but de fournir des conseils, des orientations ou des instructions précises. Les lecteurs doivent exercer leur propre jugement et discrétion lors de l'interprétation du contenu et ne doivent pas reproduire les actions ou les comportements décrits dans l'histoire sans tenir compte des conséquences du monde réel. L'auteur et l'éditeur déclinent toute responsabilité quant aux actions entreprises par les individus en fonction du contenu de cette histoire.

## Dédicace :

À mes chers enfants, Tahia et Talha, et à notre merveilleux chat de compagnie, Miu.

Alors que je couche les mots de ce récit, je suis rempli d'une profonde gratitude pour la joie et l'inspiration infinies que vous apportez à ma vie chaque jour. Ce livre n'est pas simplement une collection de pages et de mots ; c'est un témoignage des moments merveilleux que nous partageons en tant que famille, alors que nous naviguons ensemble dans la danse complexe de la vie.

Tahia, ta curiosité insatiable et ta gentillesse inébranlable ne cessent de m'émerveiller. Ta soif de connaissance et ta capacité à trouver la beauté dans les plus petites choses ont donné vie à ces pages.

Talha, ton esprit aventureux et ton rire contagieux imprègnent ce récit de l'énergie de ton âme vibrante. Ta capacité à rêver et à explorer a coloré chaque chapitre d'une teinte vive qui témoigne de la magie de la jeunesse.

Et comment pourrais-je oublier notre merveilleux chat de compagnie, Miu ? Tes facéties joueuses, ta démarche gracieuse et ta présence apaisante se sont entrelacées dans la trame même de cette narration. Ton regard énigmatique et tes doux

ronronnements nous ont rappelé la simplicité et l'authenticité qui existent dans le monde naturel qui nous entoure. Cette histoire est le reflet de l'amour, du rire et des leçons que nous partageons chaque jour, alors que nous observons le monde à travers le prisme de votre émerveillement innocent.

À mesure que vous grandissez et évoluez, j'espère que ce livre restera un souvenir précieux de nos expériences partagées. Puisse-t-il toujours vous rappeler l'importance d'embrasser la beauté de chaque jour, de valoriser la famille et les liens qui nous unissent, et de nourrir la connexion inspirante que nous entretenons avec le monde qui nous entoure.


Avec tout mon amour,

M.B.A Grass Hoper

# Table des matières:

## Chapitre 01 : Introduction

- La vie paisible à Sunnyville
- Les frères et sœurs curieux, Tahia et Talha
- Leurs aventures et leur curiosité sans fin

## Chapitre 02 : Une Rencontre Inattendue

- ◆ La découverte d'un cri plaintif
- ◆ Le chaton fragile au milieu des brins d'herbe

◆ La compassion de Tahia et Talha

◆ L'arrivée du chaton nommé Miu

## Chapitre 03 : Un Lien Indestructible

◆ Miu devient une partie de la famille

◆ Le lien entre Tahia, Talha et Miu

◆ La magie du nom de Miu

# Chapitre 04 : Compagnie et Réconfort

◆ La joie apportée par la présence de Miu

◆ Des heures passées à jouer avec Miu

◆ L'impact des plus petites créatures

## Chapitre 05 : L'Acte Héroïque

✓ Miu détecte un intrus

✓ Le courage inattendu de Miu

✓ La confrontation avec le voleur

# Chapitre 06 : La Légende Grandit

◆ La diffusion de l'acte héroïque de Miu

◆ Miu devient une légende locale

◆ Son titre de Chat Merveilleux

# Chapitre 07 : L'Inspiration et le Partage

◆ Les visites dans les écoles et les rassemblements

◆ L'impact de Miu sur les jeunes et les moins jeunes

◆ Les leçons de courage et de compassion

# Chapitre 08 :L'Héritage de Miu

- ✓ Sunnyville devient synonyme de Miu
- ✓ Les affiches et les fresques en l'honneur de Miu
- ✓ L'importance des petits actes de gentillesse

# Chapitre 09 : Une Légende Chérie

- ✓ La pérennité de l'histoire de Miu
- ✓ Les valeurs de l'empathie et de l'amitié
- ✓ L'héritage de Miu en tant que symbole de courage

# Chapitre 01 : Introduction

Introduction :

Dans la paisible ville de Sunnyville, nichée entre des collines verdoyantes et des ruisseaux scintillants, vivaient deux frères et sœurs curieux nommés Tahia et

Talha. Leurs journées étaient remplies d'une curiosité infinie et d'aventures sans fin. Les yeux grands ouverts sur le monde qui les entourait, ils se aventuraient souvent dans les champs luxuriants qui s'étendaient au-delà de leur douillet foyer.

## Chapitre 02 : Une Rencontre Inattendue

Un après-midi ensoleillé, alors qu'ils se gambadaient au milieu des fleurs sauvages et de l'herbe qui bruissait, un son faible atteignit leurs oreilles – un cri plaintif qui tirait sur leurs cœurs. Suivant le son, ils découvrirent un minuscule chaton fragile blotti parmi les brins d'herbe, son petit corps frissonnant. Leur cœur se gonfla d'empathie lorsqu'ils réalisèrent que le chaton était tout seul, séparé de la chaleur et de la nourriture de sa mère.

.

Leur compassion a suscité une décision immédiate. Tahia et Talha ont soigneusement ramassé le chaton, le berçant doucement dans leurs bras. Ses pleurs pour le lait de sa mère résonnaient profondément en eux.

Déterminés à aider, ils ont ramené le chaton chez eux, à leur foyer chaleureux. Tahia a apporté une petite soucoupe de lait de la cuisine, et avec soin, ils l'ont offerte au chaton, qui lapa avec gratitude.

# Chapitre 03 : Un Lien Indestructible

Leur acte de gentillesse n'est pas passé inaperçu. Toute la maisonnée ne pouvait s'empêcher d'être charmée par l'innocence et la vulnérabilité du chaton. Ils ont collectivement décidé de la nommer Miu — un nom aussi attachant que le chaton lui-même. Miu s'est rapidement adaptée à son nouvel environnement, ses petites pattes se promenant dans la maison comme si elle y avait toujours appartenu.

Tahia et Talha ont formé un lien indestructible avec Miu. Quelque chose de magique semblait se produire chaque fois que Tahia appelait Miu par son nom.

Peu importe où se trouvait Miu
— qu'elle dorme sur le rebord
d'une fenêtre ou qu'elle saute

joyeusement sur un morceau de
ficelle égaré — ses oreilles se
dressaient, et elle se
précipitait vers la voix de
Tahia, comme si son nom
contenait un sort enchanteur.

# Chapitre 04 : Compagnie et Réconfort

La présence de Miu a apporté une nouvelle sensation de joie et de camaraderie dans la vie de Tahia et Talha. Ils passaient des heures à jouer avec elle, à la regarder poursuivre sa queue et à s'émerveiller de ses facéties. Les yeux expressifs de Miu et ses doux ronronnements sont devenus une source de réconfort, un rappel que parfois, les plus petites créatures peuvent avoir le plus grand impact.

Au fil du temps, Miu est passée d'un petit chaton à un chat gracieux. Son lien avec Tahia et Talha s'est approfondi, et son esprit joueur est resté inébranlable. Cependant, le destin avait plus en réserve pour Miu et les frères et sœurs.

# Chapitre 05 : L'Acte Héroïque

Un soir de pleine lune, les
sens aiguisés de Miu ont
détecté un intrus dans la
maison. Avec un mélange de

curiosité et de vigilance, elle s'est déplacée furtivement à travers les ombres, ses yeux brillant dans l'obscurité. Son cœur battait la chamade lorsqu'elle a réalisé qu'un voleur était entré chez eux, déterminé à voler leurs objets de valeur.

Avec une bravoure qui l'a surprise elle-même, Miu est passée à l'action. Elle s'est précipitée vers le voleur, ses poils se hérissant et sa queue dressée haut. Miu a mordu le voleur à la jambe dès qu'elle l'a vu.

Le voleur a été pris de court
par l'apparition soudaine du
félin intrépide. Les griffes
acérées et la détermination
farouche de Miu ont fait fuir
l'intrus, mettant un terme à
ses plans.

## Chapitre 06 : La Légende Grandit

La nouvelle de l'acte héroïque de Miu s'est répandue à Sunnyville comme une traînée de poudre. Les habitants de la ville étaient émerveillés par le courage et la détermination du petit chat. Miu est devenue une légende locale, lui valant le titre de Chat Merveilleux. Son histoire servait de rappel réconfortant que même les compagnons les plus inattendus pouvaient posséder des qualités extraordinaires.

# Chapitre 07 : L'Inspiration et le Partage

La présence de Miu a apporté une nouvelle sensation de joie et de camaraderie dans la vie de Tahia et Talha. Ils passaient des heures à jouer avec elle, à la regarder poursuivre sa queue et à s'émerveiller de ses facéties.

Les yeux expressifs de Miu et ses doux ronronnements sont devenus une source de réconfort, un rappel que parfois, les plus petites créatures peuvent avoir le plus grand impact.

Tahia, Talha et Miu ont visité des écoles et des rassemblements communautaires, partageant leur histoire de courage et de compassion.

La présence de Miu a été une source d'inspiration pour les jeunes et les moins jeunes, prouvant que la bravoure peut se trouver dans les endroits les plus inattendus.

# Chapitre 08 :L'Héritage de Miu

Avec le temps, la paisible ville autrefois connue sous le nom de Sunnyville est devenue synonyme de l'histoire du Chat Merveilleux. L'image de Miu ornait des affiches et

des fresques, servant de rappel que « même les plus petits

actes de gentillesse peuvent
conduire à des résultats
extraordinaires ».

## Chapitre 09 : Une Légende Chérie

En fin de compte, l'histoire de
Tahia, Talha et de leur
merveilleux chat Miu est
devenue une légende chérie -

une histoire transmise de
génération en génération.

Elle parlait du pouvoir de
l'empathie, de la force de
l'amitié et de la magie
extraordinaire qui pouvait se
trouver chez les compagnons les
plus improbables. Et dans la
paisible ville de Sunnyville,
l'héritage de Miu perdura en
tant que symbole de courage,
gravé à jamais dans le cœur de
tous ceux qui entendirent son
histoire.

Son histoire résonne comme un rappel que même face à l'adversité, les plus petites créatures peuvent surmonter leurs limites et faire preuve d'un courage remarquable.

La vaillante résistance de Miu contre l'intrus a non seulement sauvé la maison de sa famille, mais a également allumé une étincelle d'inspiration chez tous ceux qui ont entendu son histoire.

À travers ses actions, Miu a mis en avant le pouvoir transformateur de l'empathie et les efforts qu'un individu est prêt à déployer pour protéger ceux qu'il chérit.

Dans les moments calmes où le doute et l'incertitude s'insinuent, l'héritage de Miu sert de lumière guide. Son histoire nous enseigne que la grandeur n'est pas uniquement réservée aux puissants et aux forts ; elle peut se trouver dans l'ordinaire, dans les coins inattendus de la vie.

Sa bravoure nous met au défi de confronter nos propres peurs et de prendre position pour ce en quoi nous croyons, tout comme elle l'a fait en cette nuit éclairée par la lune.

À travers les générations, le récit de Miu transcende ses limites narratives pour devenir un point de repère universel.

Sa loyauté inébranlable envers sa nouvelle famille, sa défense intrépide de leur maison et sa capacité à se connecter avec les gens de manière profonde nous rappellent que les liens que nous partageons avec ceux qui nous entourent ont une valeur inestimable.

L'impact de Miu va au-delà de son rôle de protectrice. Son histoire a le pouvoir de combler les fossés, de réparer les cœurs et d'encourager des actes de bonté et de compassion.

Alors que l'histoire se transmet de génération en génération, elle transmet une leçon intemporelle : que le courage et la bonté peuvent se trouver dans les endroits les plus improbables, et que chaque individu a le potentiel de laisser une marque positive durable sur le monde.

Dans un monde souvent marqué par l'incertitude et la négativité, l'héritage de Miu offre une lueur d'espoir, un témoignage du potentiel transformateur de l'amour et de la résilience.

Son histoire nous encourage à voir au-delà de la surface, à reconnaître le potentiel d'héroïsme en nous-mêmes et en ceux qui nous entourent, et à nous efforcer de faire une différence positive dans les vies que nous touchons.

Ainsi, tandis que le temps continue de s'écouler et que les générations surgissent et disparaissent, l'histoire de Miu reste un rappel précieux que les actes les plus modestes de courage et de compassion peuvent résonner pour l'éternité, tissant une toile d'inspiration et nous rappelant à tous que nous avons le pouvoir de lutter contre les ténèbres et de rendre le monde meilleur.

Fin

Manufactured by Amazon.ca
Bolton, ON

44811047R00031